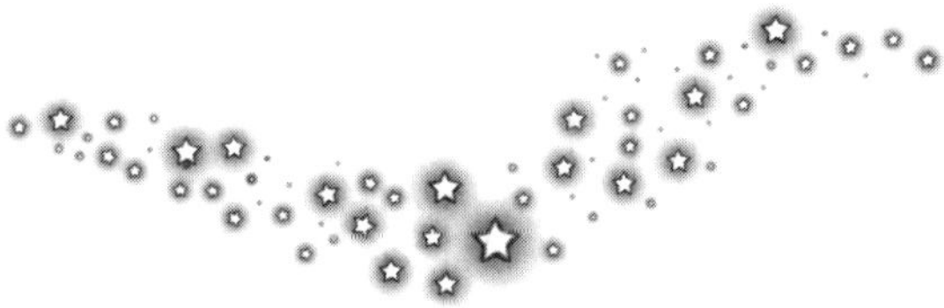

Linda Chapman

Sternenfohlen
Sturmwinds Geheimnis

Aus dem Englischen von Ursula Rasch

KOSMOS

Umschlaggestaltung von Carmen Oberzaucher, Wien,
unter Verwendung einer Illustration von Carolin Ina Schröter
Innenillustrationen von Carolin Ina Schröter, Berlin
Aus dem Englischen übersetzt von Ursula Rasch

Besonderer Dank an Lucy Courtenay

Titel der englischen Originalausgabe:
Linda Chapman: Unicorn School – Schemes and Dreams

„Sturmwinds Geheimnis" ist der 8. Band der Reihe „Sternenfohlen".
Weitere Titel der Reihe siehe auch S. 111

1. Auflage

ISBN 978-3-440-11599-2

Redaktion: Cordula Setsman
Grundlayout: DOPPELPUNKT, Stuttgart
Produktion: DOPPELPUNKT, Stuttgart
Printed in the Czech Republic / Imprimé en République tchèque

1

„Ui! Ist das aufregend! Wir machen morgen einen Ausflug zum Traumsee!“, rief Saphira atemlos. „Ich kann mir nichts Schöneres vorstellen! Schon als kleines Einhornkind habe ich die ganzen Geschichten darüber gehört: über den Zauber, der dort herrscht, und die wilden Tier, die dort leben, und – einfach alles!“

Wolke, die neben ihrer besten Freundin trabte, warf die Stirnlocke zurück und lächelte ihr zu. Auch sie war mit den Geschichten über den Traumsee aufgewachsen. So wie jedes Einhornkind in Arkadia.

„Ich habe gehört, dass der See bei Sonnenuntergang rosafarben schimmert“, ergänzte sie.

„Und es gibt Schwärme von goldenen Schwänen“, seufzte Saphira entzückt. „Es klingt wie der allerschönste Ort in ganz Arkadia.“

„Abgesehen vom Palast natürlich“, meinte Sturmwind scherzhaft, der auf der anderen Seite von Wolke lief.

Mondstrahl, das muskulöse Einhorn, das vor Wolke und Saphira trabte, drehte seinen edlen Kopf zu ihnen herum.

„Ich werde es meinen Eltern ausrichten, Sturmwind“, rief er. „Vielleicht machen wir ja dann den nächsten Schulausflug zu uns in den Palast.“ Mondstrahls Eltern waren nämlich König und Königin von Arkadia, dem Land, in dem die Einhörner lebten.

„Echt?“, fragte Saphira aufgeregt.

Mondstrahl schüttelte seine Mähne und

grinste das hübsche Einhorn mit den großen dunklen Augen an. „Saphira, dir kann man wirklich alles weismachen!“

Saphira machte einen Schmollmund, aber Wolke wusste, dass ihre Freundin viel zu aufgeregt war, um lange beleidigt zu sein. Und tatsächlich fingen Saphiras Augen schon wieder an zu glänzen.

„Glaubt ihr, dass die Blumen am Ufer des Sees wirklich singen?“, fragte sie gespannt. „Und wie stellt ihr euch die Trauminsel vor? Sie soll ja der magischste Ort in ganz Arkadia sein, verborgen hinter einem Nebelschleier mitten im See!“

„Na, das werden wir ja dann morgen alles sehen“, meinte Sturmwind. „Ich werde mich jedenfalls bemühen, auf keine Blumen zu treten – egal ob sie singen oder nicht.“

Sturmwind war in Wolkes Klasse an der Einhornschule das größte Einhorn. Wolke

wusste, dass er immer wieder darunter litt, auffallend groß und manchmal etwas ungeschickt zu sein. Darum machte er Witze darüber, um sich selber besser zu fühlen. Sie stupste ihn liebevoll an.

„Du zertrittst bestimmt nichts“, beruhigte sie ihn. „Da bin ich mir ganz sicher.“

Inzwischen waren sie beim Zauberfeld angekommen. Alle Einhörner in Arkadia besuchten sechs Jahre lang die Einhornschule. Dort lernten sie Fliegen, Heilen und Zaubern mit dem Rosenquarz. Wolke besuchte mit ihren Freunden die zweite Klasse und liebte die Einhornschule mit ihren Türmen, den Wolkenställen und den saftigen Wiesen. Aber am meisten genoss sie es, mit ihren Freunden zusammen zu sein.

„Hierher!“, rief ein rosig schimmerndes Einhorn auf dem Zauberfeld, als es Wolke und die anderen kommen sah. „Ich habe euch Plätze freigehalten!“

„Danke, Stella“, rief Wolke ihr zu und trabte zu ihr hinüber. Stella war neu an der Einhornschule. Wolke hatte sie zuerst nicht besonders gemocht, aber jetzt gehörte Stella fest zu ihrem Kreis und lachte und scherzte mit ihren Freunden.

„Ruhe jetzt!“, rief Damaris, ein geflecktes, graues Einhorn, das vor den aufgeregt plappernden Zweitklässlern stand. „Heute haben wir viel Stoff durchzunehmen.“

Wolke verstummte und sah ihre Zauberlehrerin gespannt an.

„Wir werden heute etwas Neues versuchen“, fuhr Damaris fort, als die Schüler endlich leise waren. Sie fegte mit ihrem langen Schwanz über den Boden. „Es gibt Sechstklässler, die damit immer noch ihre Probleme haben, also müsst ihr euch nichts dabei denken, wenn ihr es am Anfang schwierig findet. Es dauert viele Jahre und braucht ausdauernde Übung, bis man es wirklich gelernt hat. Darum wollen wir heute damit anfangen.“

„Was könnte das wohl sein?“, flüsterte Saphira Wolke gespannt zu.

„Kopfstand“, antwortete Mondstrahl. „Den wollte ich schon immer lernen.“

„Das glaube ich nicht", meinte Wolke voller Überzeugung, und Sturmwind lachte. „Es ist bestimmt irgendein Flugkunststück."

„Ruhe, bitte!", mahnte Damaris noch einmal, nachdem alle wieder angefangen hatten, durcheinanderzureden. Sie wurden still und warteten gespannt. Was würde ihnen Damaris heute wohl beibringen?

„Ich möchte euch nicht länger auf die Folter spannen", meinte Damaris mit einem Lächeln. „Heute geht es um die Kunst, sich unsichtbar zu machen."

Wolke schnappte nach Luft. Unsichtbar? Sie wusste, dass das für ein Einhorn der schwierigste Zauber war. Sie blickte ihre Freunde an. Sturmwind sah irgendwie nervös aus, Saphira und Stella dagegen wirkten aufgeregt. Und Mondstrahl schien sich jetzt schon zu konzentrieren.

Damaris schritt vor der Klasse auf und

ab. „Um unsichtbar zu werden, müsst ihr euch unsichtbar fühlen“, erklärte sie ihnen. „Macht eure Gedanken frei von allem anderen und konzentriert euch ganz darauf, nicht da zu sein.“

Wolke versuchte, ihren Kopf leerzubekommen. Aber Gedanken an die Schule, ihren Ausflug zum Traumsee und den leckeren Brei, den sie zum Frühstück verspeist hatte, lenkten sie ab. Ungeduldig schüttelte sie ihre Mähne. Es war wirklich nicht leicht.

„Das wird euch allen schwerfallen“, fuhr Damaris fort. „Vielen Einhörnern gelingt es erst, sich unsichtbar zu machen, wenn sie einmal Probleme oder Gefahren durchstehen müssen.“

Damaris schloss ihre dunklen Augen. Zu Wolkes Überraschung löste sich ihre Zauberlehrerin in Luft auf. Die Schüler wieherten ungläubig.

„Wohin ist Damaris verschwunden?“

„Sie hat es geschafft! Sie ist unsichtbar!“

Und dann war Damaris plötzlich wieder da, als ob sie nie weg gewesen wäre. Begeistert stampften die Schüler mit den Hufen. Wolke kicherte. Es war wirklich komisch gewesen, ihre Lehrerin verschwinden zu sehen.

„Wow!“, sagte Mondstrahl beeindruckt.

„Großartig!“, jubelte Saphira.

Damaris lächelte.

„Dankeschön“, sagte sie mit einer leichten Verbeugung. „Und jetzt seid ihr dran!“

Wolke dachte daran, was sie alles Tolles tun könnte, wenn sie unsichtbar wäre. Selbst wenn es richtig schwer zu lernen war, so würde sich die Mühe auf jeden Fall lohnen. Entschlossen vertrieb sie alle Gedanken an ihren Frühstücksbrei aus dem Kopf und begann sich vorzustellen, wie es sein würde.

Als Erstes würden ihre Hufe verschwinden. Dann ihre Beine. Danach ihr Bauch ...

Wolke merkte, wie es in ihrem Horn kribbelte. Der Zauber begann zu wirken! Sie öffnete die Augen und starrte auf ihre Hufe. Sie sahen ganz blass aus! Wolke sah noch genauer hin und merkte, dass sie durch die Hufe hindurch das Gras erkennen konnte, auf dem sie stand!

Wolke war so aufgeregt über die Entdeckung, dass sie vergaß, sich weiter zu konzentrieren. Enttäuscht sah sie zu, wie ihre Hufe aufhörten zu schimmern und wieder feste Gestalt annahmen.

„Sehr gut, Wolke!“, lobte Damaris.

Wolke sah überrascht auf. Die Zauberlehrerin lächelte ihr zu.

„Hast du das gesehen?“, fragte sie.

Damaris nickte. „Sehr gut für den ersten Versuch“, sagte sie. „Weiter so!“

Wolke sah sich nach ihren Freunden um. Saphira hatte die Augen fest zusammengekniffen, aber sichtbar war sie trotzdem. Und auch Mondstrahl und Stella hatten kein Glück. Dann schaute sie zu Sturmwind hinüber. Er hatte die Augen fast so fest geschlossen wie Saphira. Doch obwohl Wolke ihn sehen konnte, sah sie gleichzeitig auch die Zauberwiese durch ihn hindurch.

„Wow!“, rief Wolke. „Super, Sturmwind! Du machst das toll!“

Sturmwind blinzelte. „Echt?“, fragte er überrascht und sah an sich hinunter. Seine Augen weiteten sich verblüfft, dann wurde sein Körper wieder ganz sichtbar.

„Meine Güte, Sturmwind!“, rief Damaris erstaunt. „Ist das deine erste Unsichtbarkeitsstunde?“

Sturmwind nickte benommen.

„Na, das war wirklich großartig! Du bekommst einen goldenen Stern für deine besondere Leistung!“

„Toll!“, rief Stella.

Mondstrahl und Saphira wieherten und stampften begeistert mit den Hufen. Mit einem Lächeln stimmte Wolke in den Jubel ein. Sturmwind hielt den Kopf sehr hoch und sah ausgesprochen stolz aus.

„Wirklich klasse!“, lobte Mondstrahl begeistert. „Da kannst du allen super Streiche spielen. Du kannst auf der Mondscheinwiese unsichtbar werden und –“

„Wenn ihr üben wollt“, wurde er von Damaris unterbrochen, die Mondstrahl einen scharfen Blick zuwarf, „dann müsst ihr das hier auf dem Zauberfeld tun. Auf dem Rest des Schulgeländes herrscht ein Anti-Unsichtbarkeitszauber, damit vorwitzige Einhornschüler keine Dummheiten machen können.“

„Oh!“, meinte Mondstrahl enttäuscht. „Wie langweilig!“

„Ich mache sowieso keine Dummheiten“, meinte Sturmwind ernsthaft.

„Und für dich ist es kein Problem, Mondstrahl, weil du es sowieso nicht schaffen wirst, unsichtbar zu werden!“, meinte Saphira mit einem Grinsen, nachdem Damaris den Unterricht beendet hatte.

„Hey, das musst du mir nicht auch noch unter die Nase reiben!“, sagte Mondstrahl beleidigt.

Wolke stupste Mondstrahl aufmunternd an, ehe er wirklich mürrisch wurde. „Komm schon, morgen ist unser Schulausflug, auf den wir uns freuen können!“

Sofort hellte sich Mondstrahls Stimmung wieder auf. Während sie alle von dem Ausflug redeten, liefen Wolke und ihre Freunde zur Schule zurück. Wolke war sich sicher, dass sie am Traumsee eine tolle Zeit haben würden!

2

Wolke wachte als Erste auf. Sie sah aus dem Fenster ihres Wolkenstalls. Die Wolken, in denen sich der Stall der Zweitklässler befand, waren flauschig und leuchteten im Licht der aufgehenden Sonne rosafarben. Es würde ein schöner Tag werden.

Wolke beugte den Kopf über die Boxenwand und sah zu Stella hinüber, die noch mit geschlossenen Augen dalag. „Psst!“, zischte sie. „Wach auf, Stella! Heute ist unser Ausflug!“

Stella riss die Augen auf. „Ich bin schon ewig wach“, sagte sie und sprang aufgeregt hoch. „Saphira, guten Morgen!“

Auch Saphira war sofort wach. Doch Mondstrahl und Sturmwind waren noch recht verschlafen und brauchten ewig, bis sie fertig waren.

„Hoffentlich wird es heute schön beim Ausflug“, sagte Mondstrahl gähnend, als sie aus dem Stall trabten und sich zum Abflug bereitmachten.

„Es wird schöner als schön“, jubelte Wolke. „Es wird perfekt!“

Als sie den Wolkenstall verließen, prickelte die kühle Morgenluft auf ihrem Fell. Der Himmel leuchtete in allen Rot-, Rosa- und Goldtönen und die rote Sonne färbte auch Wolkes schneeweißes Fell. Saphira flog neben ihr, Stella zwischen Sturmwind und Mondstrahl.

Vor der Schule hatten sich bereits viele Einhörner versammelt. Der Ausflug zum Traumsee war nämlich nicht nur für die

Zweit-, sondern auch für die Erst- und Drittklässler. Große Tröge mit heißem Haferbrei waren aufgestellt worden, damit die Einhornschüler ein schnelles Frühstück einnehmen konnten, ehe es losging. Denn selbst diejenigen, die sehr schnell fliegen konnten, brauch ten einen ganzen Tag, um zum Traumsee zu gelangen.

„Müssen wir irgendetwas mitnehmen?“, fragte Stella und sah sich um.

„Ich weiß es nicht“, erwiderte Wolke. „Aber sieh nur, das Trihorn wird gleich etwas sagen. Er wird es uns bestimmt mitteilen.“

Ein prächtiges Einhorn stand auf den Stufen vor den Schultoren. Sein dreifarbiges Horn glitzerte in der Morgensonne. Das Geplapper der Einhornschüler verstummte und machte respektvollem Schweigen Platz.

„Guten Morgen“, wurden sie vom Trihorn begrüßt. Er war der Leiter der Einhornschule und eine der wichtigsten Persönlichkeiten von Arkadia. „Wir werden in Kürze zu unserem Ausflug an den Traumsee aufbrechen. Bitte sucht euch einen Partner, mit dem ihr fliegt, und bleibt die ganze Zeit in der Nähe eines Lehrers. Es ist eine weite Strecke, und wir müssen sicherstellen, dass ihr alle wohlbehalten dort ankommt.“

Einige Erstklässler sahen sich beunruhigt an. Wolke hatte Mitleid mit ihnen, denn sie wusste, dass manche eben erst das Fliegen gelernt hatten. Der Gedanke daran, die Entfernung zum Traumsee zurückzulegen, machte ihnen wahrscheinlich ziemlich Angst.

„Unsere Elfen sind schon dort und bereiten eure Ankunft vor“, fuhr das Trihorn fort. „Sie haben alles mitgenommen, was ihr brauchen werdet. Wir werden unser Lager direkt am See aufschlagen, um die Zeit dort möglichst gut ausnutzen zu können. Ich wünsche euch allen eine angenehme Reise!“

Als das Trihorn die Stufen hinuntertrabte, begannen alle aufgeregt durcheinanderzureden. Dann sammelten sich die Einhornschüler in Gruppen um ihre Lehrer herum. Wolke sah sich um, welcher ihrer Lehrer ihr am nächsten war. Da entdeckte sie Atlas, ihren Fluglehrer. Obwohl Wolke sich im Fliegen sehr sicher fühlte, war es ein gutes Gefühl, zu wissen, dass er in ihrer Nähe flog, falls sie Probleme hätte.

„Wolke?“ Sturmwind stupste sie nervös an. „Magst du mein Flugpartner sein?“

Wolke nickte ihm beruhigend zu. „Natürlich, gerne“, antwortete sie. „Aber du weißt ja, dass wir alle gemeinsam fliegen. Also kein Grund zur Sorge!“

„Und Atlas wird auch in unserer Nähe bleiben“, bekräftigte Stella.

Sturmwind sah erleichtert aus. Für ihn war das Fliegen schwierig, weil er so groß war.

Mondstrahl warf seine Mähne zurück. „Ich brauche niemanden.“

Damaris, die zufällig gehört hatte, was er gesagt hatte, wies ihn scharf zurecht: „Jeder braucht einen Partner! Mondstrahl, du kannst mit Blümchen fliegen.“

Wolke musste grinsen, als sie Mondstrahls Gesichtsausdruck bemerkte. Blümchen war eine ruhige Zweitklässlerin, die nicht besonders sicher flog.

„Seid ihr alle bereit?“, fragte das Trihorn. „Abflug!“

Wolke stieß sich vom Boden ab. Ihre Freunde folgten ihr. Der ganze Himmel war voller Einhörner, und die Sonne brachte ihre Hörner zum Funkeln. Es war großartig. Wolke war bisher nur in kleinen Gruppen geflogen. Aber jetzt, mit all diesen Einhörnern um sie herum, fühlte sie sich wie ein kleiner Vogel in einem großen Schwarm.

Schon bald wurde das Gedränge weniger, als die schnellen Einhörner die langsameren hinter sich ließen.

„Du erwischst mich nicht!“, rief Mondstrahl lachend. Er holte Schwung und schoss Blümchen davon.

„Komm zurück, ich bin nicht so schnell!“, jammerte Blümchen.

„Du kannst mit uns fliegen“, bot ihr Wolke an, die Mondstrahl rücksichtslos fand.

Dankbar suchte sich Blümchen neben Wolke und Sturmwind ihren Platz. Saphira und Stella flogen dicht hinter ihnen. Gemeinsam bewunderten sie den atemberaubenden Blick auf die Hügel und Wälder von Arkadia.

Atlas flog neben Wolke und den anderen. „Alles klar?“, fragte er. Dann sah er Blümchen stirnrunzelnd an. „Sollte dich nicht Mondstrahl begleiten?“, hakte er nach.

Blümchen nickte.

Atlas wieherte verärgert auf. „Ich nehme an, er ist dir davongeflogen. Dann werde ich ihn zurückholen müssen. Bleibt zusammen!“, rief er den Zweitklässlern zu. „Fliegt alle gemeinsam!“

„Mondstrahl wird richtigen Ärger bekommen“, befürchtete Sturmwind. „Atlas wird ihn ganz nach hinten bringen.“

Und tatsächlich beobachteten sie wenige Minuten später, wie Mondstrahl in Begleitung von Atlas an ihnen vorbeiflog. Er wirkte gar nicht begeistert, dass er am hinteren Ende fliegen sollte. Wolke sah Sturmwind an. Er hielt noch tapfer mit, aber sie merkte, dass er allmählich müde wurde. Auch Blümchen schien Probleme zu haben. Saphira und Stella dagegen waren so von der tollen Aussicht begeistert, dass sie immer wieder mit anderen Einhörnern zusammenstießen.

„Warum fliegen wir nicht alle nach hinten und schließen uns Mondstrahl an?“, schlug Wolke vor. „Kein Grund zur Eile. Und eigentlich würde ich ganz gerne ein bisschen langsamer fliegen. Wir überqueren heute Teile von Arkadia, die ich nie zuvor gesehen habe.“

Blümchen und Sturmwind sahen sie dankbar an.

„Vielleicht findet es Mondstrahl auch nicht mehr so schlimm, ganz hinten sein zu müssen, wenn wir bei ihm sind“, meinte Stella.

Wolke und ihre Freunde wurden langsamer und ließen die restlichen Zweitklässler an sich vorbeiziehen. Bald fanden sie sich in einer Gruppe keuchender Erstklässler wieder. Mondstrahl sah schrecklich finster drein. Er folgte dem allerletzten Einhorn, das ständig auf- und abtaumelte, als ob es über unsichtbare Hügel laufen würde.

„Ich kann gar nicht fassen, dass ich hier hinten herumhängen muss!“, beschwerte sich Mondstrahl, als sich Wolke und die anderen um ihn herum formierten.

„Du bist selber schuld“, erinnerte ihn Wolke. „Du hättest Blümchen nicht einfach zurücklassen dürfen.“

Mondstrahl sah Blümchen verlegen an. „Tut mir leid“, murmelte er. „Und danke, dass ihr alle zu mir gekommen seid“, fügte er hinzu. „Das macht es ein bisschen erträglicher.“

Eine Weile flogen sie ruhig nebeneinander her. Das golden schimmernde Einhorn vor Mondstrahl hatte inzwischen ernsthafte Probleme. Immer öfter taumelte es nach unten und musste sich dann wieder mühsam hochkämpfen.

Und dann fiel es nur noch nach unten – immer weiter und weiter.

Wolke bemerkte, dass das Einhorn in Gefahr war. Sie senkte die Nase und schoss hinunter. „Schnell!“, rief sie den anderen zu. „Das Einhorn braucht unsere Hilfe – oder es wird auf den Boden stürzen!“

3

Das goldene Einhorn fiel wie ein Stein vom Himmel herunter. Wenn Wolke es nicht rechtzeitig erwischte, dann würde ein schlimmes Unglück passieren.

Undeutlich bemerkte Wolke, dass Mondstrahl neben ihr nach unten sauste. Die Einhornherde über ihnen schien bereits sehr weit weg zu sein. Das goldene Einhorn scharrte verzweifelt mit den Vorderhufen in der Luft, um wieder an Höhe zu gewinnen. Aber stattdessen sank es immer mehr. Wolke bemerkte, dass es die Augen ganz fest geschlossen hatte.

„Hab keine Angst, wir sind bei dir!“, rief

Wolke und flog rasch hinüber. „Wir werden dir helfen!"

„Hilfe!", stöhnte die Erstklässlerin. Sie schleuderte ihre Beine herum und fiel immer tiefer. „Hilfe!"

„Beruhige dich!", rief ihr Mondstrahl zu. „Du musst dich aufs Fliegen konzentrieren."

Offensichtlich gab sie sich große Mühe, seinen Rat zu befolgen. Sie hörte auf, mit den Beinen zu strampeln und schwebte stattdessen auf halber Strecke zwischen dem Boden und den Einhörnern über ihr in der Luft dahin. Wolke konnte sehen, dass sie am ganzen Körper zitterte.

„Sehr gut", lobte Wolke. „Ich bin Wolke und das ist Mondstrahl. Wir kümmern uns um dich und bringen dich zu den anderen zurück. Wie heißt du denn?"

„D… D… Donna", stammelte das völlig verängstigte Einhorn. „Hilfe, ich falle!"

„Nein, du fällst nicht“, beruhigte Mondstrahl sie schnell. „Sieh doch, du schwebst ganz ruhig dahin!“

Donna hatte die Augen immer noch zusammengepresst. Jetzt öffnete sie sie ganz vorsichtig einen Spalt. Als sie merkte, dass sie nicht mehr fiel, machte sie sie ein bisschen weiter auf. Dann sah sie nach unten und stöhnte entsetzt auf.

„Das ist so hoch“, flüsterte sie und schloss die Augen wieder. „Ich habe s...solche Angst!“

Plötzlich begriff Wolke, dass Donna Höhenangst hatte. Es war ganz wichtig, sie zu beruhigen.

„Alles wird gut“, versprach Wolke. Sie flog neben Donna und stupste sie sanft mit der Nase an. „Du kannst es, du musst dich nur ganz fest konzentrieren. Wenn dir dein Lehrer das Ganze nicht zugetraut hätte, dann wärst du heute gar nicht dabei.“

„Ich wäre beinahe daheimgeblieben“, gestand Donna mit einem Flüstern. „Aber ich habe meinem Lehrer versprochen, dass ich es schaffen würde. Ich wollte schon immer unbedingt den Traumsee und die Trauminsel sehen. Das konnte ich mir einfach nicht entgehen lassen. Und jetzt vermassele ich es total!“

„Denk einfach an den Traumsee!“, schlug

Mondstrahl vor. „Konzentrier dich darauf, warum du diesen Ausflug so gerne mitmachen wolltest."

„Genau!", ermutigte sie Wolke. „Stell dir die goldenen Vögel und das pinkfarbene Wasser vor!"

Donna versuchte ein winziges Lächeln. Sie stieg ein wenig empor. „Und die singenden Blumen", fügte Wolke hinzu.

„Ich hoffe, sie singen nicht falsch", scherzte Mondstrahl. „Es gibt nichts Schlimmeres als falsch singende Blumen."

Donna kicherte und stieg noch ein bisschen auf.

„Und es wird ganz toll, wenn wir dort direkt am Seeufer übernachten", fuhr Wolke fort. „Sehr gut, Donna. Du machst das ganz prima! Weiter so!"

Ganz allmählich schaffte es Donna mit Hilfe von Wolke und Mondstrahl, an Höhe zu gewinnen. Wolke konzentrierte sich so sehr auf Donna, dass sie die mächtigen Berge unter sich kaum bemerkte und auch nicht den prächtigen Fluss, der sich wie ein blaues Seidenband unter ihnen wand. Schließlich hatten sie es geschafft und waren wieder auf derselben Höhe wie die anderen. Das goldene Einhorn lächelte ihre Freunde, die sich um sie geschart hatten, glücklich an.

„Toll, dass du es geschafft hast, Donna", wurde sie von ihrer Lehrerin Damaris erleichtert begrüßt. „Ich habe gesehen, wie schwer es für dich war."

„Ohne Wolke und Mondstrahl wäre mir das niemals gelungen", meinte Donna verlegen.

Damaris lächelte den beiden Einhörnern zu. „Das habt ihr gut gemacht!", lobte sie. „Ihr habt mutig und umsichtig gehandelt. Mondstrahl, ich denke, da wird dir Atlas auch deinen kleinen Ausrutscher von vorhin nachsehen."

„Dann hatte der ganze Ärger ja doch einen Sinn", meinte Mondstrahl mit einem Lachen.

Wolke knurrte schon der Magen. Es war beinahe Mittag. Weiter vorne konnte sie das Horn des Trihorns in der Sonne funkeln sehen. Plötzlich brach das Trihorn aus der Herde aus und flog nach unten auf die Bäume zu. Die Gruppe der Einhörner formierte sich neu und folgte ihm dann. Wolke und Mondstrahl hatten Donna in die Mitte genommen. Gemeinsam glitten sie nach unten, bis sie die Bäume erreichten. Um sie herum tropften Einhörner wie Vögel vom Himmel.

Wolke landete ordentlich mit ihren winzigen Hufen auf einer weiten, moosigen

Lichtung mitten im Wald. Das Moos war so weich und bequem, dass es zum Hinlegen und Ausruhen einlud. Nur wenige Meter entfernt plumpste Sturmwind ungeschickt auf den Boden. Er landete auf dem Hinterteil und schrammte mit den Hufen durchs Moos, als er den Sturz abbremsen wollte.

„Sehr elegant!“, spottete Marwin, ein Drittklässler.

Sein Freund Silas, ein schmutzig-graues Einhorn mit einem gedrungenen Horn, feixte. „Ja! Wirklich sehr elegant!“

Sturmwind wirkte richtig verstört.

„Hey, Sturmwind!“, rief Marwin mit einem selbstgefälligen Grinsen. „Mach's doch gleich noch einmal. Bestimmt ist es beim zweiten Mal noch lustiger.“

„Hör nicht auf ihn“, mischte sich Wolke ein und trabte hinüber, um Sturmwind zu Hilfe zu kommen. „Er ist ein Idiot.“

Sturmwind erhob sich langsam.

„Sag mal, wie kommt so ein Brocken wie du überhaupt in die Luft?“, prustete Silas. „Schießt dich jemand mit einem Riesenkatapult in die Höhe?“

Marwin konnte gar nicht aufhören zu lachen. Wolke starrte die beiden böse an, Sturmwind aber ließ den Kopf hängen.

„Verschwindet!“, rief Wolke heftig. „Ich sag's dem Trihorn, und dann seid ihr schneller in der Schule zurück, als ihr euch vorstellen könnt.“

Immer noch lachend verzogen sich Marwin und Silas zu einem der Eimer mit Äpfeln und Karotten, die fürs Mittagessen aufgestellt worden waren. Wolke schaute Sturmwind besorgt an, um zu sehen, ob es ihm gut ging. Das große Einhorn machte eine ausgesprochen klägliche Miene. Er mochte es überhaupt nicht, wenn man ihn ärgerte.

Wolke und ihre Freunde versammelten sich zum Mittagessen im Schatten einiger Bäume um ihre Eimer. Wolke fiel über ihre Portion her. Sie war am Verhungern. Fliegen war wirklich anstrengend. Sturmwind dagegen schnupperte nur an seinen Äpfeln und schob sie lustlos mit der Nase hin und her.

Als alle mit dem Essen fertig waren und sich faul im weichen Moos räkelten, kam das Trihorn in die Mitte der Lichtung getrabt.

„Wir haben bereits mehr als die Hälfte der Strecke zum Traumsee zurückgelegt. Bis jetzt habt ihr alle sehr gut durchgehalten. Wie ihr wisst, ist der Traumsee für die Bewohner von Arkadia von besonderer Bedeutung. Wichtiges Wissen und mächtige Zauber stammen von dort. Wir werden Tiere beobachten, die nur in dem Gebiet um den See beheimatet sind, wie zum Beispiel die goldenen Schwäne und die Zauberalgen, die im Wasser wachsen."

„Und die singenden Blumen?", fragte Saphira gespannt.

Die versammelten Einhörner lachten und auch das Trihorn musste schmunzeln.

„Also, ja, die singenden Blumen. Der Legende nach singen sie nur nach einer echten Heldentat, wenn jemand seine Ängste bezwungen und einen wichtigen Erfolg erzielt hat. Ich habe sie noch nie gehört und ich gehe davon aus, dass ihr sie auch nicht hören werdet."

Saphira sah ihn enttäuscht an.

„Abgesehen von unserem Unterricht wird

es eine Menge Spiele und viel Spaß geben. Außerdem machen wir einen Ausflug zur sagenumwobenen Trauminsel in der Mitte des Sees."

Diese Ankündigung wurde von lautem Jubel begrüßt. Donna quietschte aufgeregt.

„Und da das Wasser um diese Jahreszeit schön warm ist, werdet ihr auch viel Gelegenheit zum Schwimmen haben", schloss das Trihorn.

Wolke erschrak. Sie sollten schwimmen? Sie konnte doch gar nicht schwimmen! Außerdem war sie so wasserscheu, dass sie es gar nicht mochte, wenn Wasser mehr als ihre Hufspitzen bedeckte.

„Toll!", freute sich Stella. „Ich liebe Schwimmen!"

„Wir könnten ein Wettschwimmen machen!", schlug Saphira mit glänzenden Augen vor.

„Ich werde euch alle besiegen", mischte sich Mondstrahl selbstbewusst ein. „Ich bin ein richtig guter Schwimmer."

„Und ein richtiger Angeber", meinte Sturmwind augenzwinkernd.

Wolke schluckte. Sie fühlte sich gar nicht gut. Sie hatte ihren Freunden nie davon erzählt, dass sie als Fohlen ins Wasser gefallen war und es seitdem fürchtete. Die anderen würden sie für albern halten, da war sie sich sicher. Vor allem Stella, die in jedem Bereich ausgezeichnete Leistungen erbrachte und keine Angst kannte.

„Alles klar?", fragte Stella, als sie Wolkes Gesichtsausdruck sah.

„Ja, ja", erwiderte Wolke gequält.

„Irgendwie siehst du komisch aus", meinte Saphira besorgt.

„Das liegt wahrscheinlich am Mittagessen", log Wolke. „Eine der Karotten hat irgendwie seltsam geschmeckt. Es ist bestimmt gleich wieder besser."

Warum sollte sie ihre Freunde in ihr peinliches Geheimnis einweihen?, überlegte Wolke. Wahrscheinlich würde sie gar nicht schwimmen müssen.

4

„Sieh nur, Wolke!“, jubelte Saphira. „Es ist wunderschön hier!“

Vom langen Flug erschöpft, glitt Wolke neben ihrer Freundin dahin und starrte auf den Traumsee hinunter. Kurz vor Sonnenuntergang war das Licht goldgelb. Der Strand hatte ein Streifenmuster aus langen Schatten und eine sanfte Brise zerzauste das Schilf am Ufer.

„Ich habe schon Schwäne gesehen!“, freute sich Stella.

Man konnte die Schwäne kaum übersehen. Ihre goldenen Federn glühten wie Flammen im Licht der untergehenden Sonne.

„Und das dort in der Mitte muss die Trauminsel sein!“, meinte Mondstrahl. „Seht nur, sie hat die Form einer Wolke!“

Die Trauminsel, die mitten im goldenen See lag, war von einem zauberhaften, schimmernden Nebelschleier umgeben, der sie noch mehr wie eine Wolke aussehen ließ. Sogar von dort oben konnten die Einhörner erkennen, dass das Zentrum der Insel von bunten Blumen bedeckt war.

Atlas flog an ihnen vorbei und rief ihnen Anweisungen zu, während Wolke verzaubert auf den See starrte.

„Ich möchte klarstellen, dass ihr die Trauminsel auf keinen Fall alleine erkunden dürft! Dort herrschen gefährliche Zauber. Aber wir werden sie morgen gemeinsam erkunden. So, eure Ställe sind am Ostufer. An den Türen hängen Listen, wer wo schläft. Und jetzt seid bitte alle ganz vorsichtig.

Dieser letzte Teil der Reise ist oft der schwierigste."

Wolke war so müde, dass ihre Beine beinahe unter ihr einknickten, als sie schließlich am Ostufer landete. Neben ihr gingen einige Einhörner äußerst unsanft nieder und hatten Probleme, überhaupt wieder auf die Füße zu kommen. Überall liefen Elfen herum, die den erschöpften Einhörnern kühles Wasser anboten und ihr dampfendes Fell trockenrieben.

Mondstrahl war als einer der Ersten gelandet.

„Ich habe unseren Stall schon gefunden", berichtete er Wolke und den anderen, während diese dankbar aus den Wassereimern tranken. „Wir haben den besten Platz! Wir sind im Schwanenstall, der am nächsten am See liegt. Los, kommt mit!"

Während Stella und Mondstrahl aufgeregt voraustrabten, lief Wolke mit Sturmwind und

Saphira gemächlich hinterher, um zu sehen, wo sie die Nacht verbringen würden.

Die Ställe waren in einem Halbkreis am Ufer des Traumsees angeordnet. Es gab sechs davon, die alle nach Vögeln benannt waren: Schwan, Adler, Taube, Lerche, Nachtigall und Fink. Die wunderschöne Kristallskulptur eines Schwans, der seine Flügel über dem Rücken ausgebreitet hatte, glänzte auf einem goldenen Sockel in der Mitte des Halbkreises.

„Diese Skulptur ist sehr alt“, erklärte Mondstrahl. „Sie Ist Teil eines Schwanenpaares. Die andere Figur steht bei meinen Eltern im Thronsaal des Palastes.“

Bei jedem anderen Einhorn hätte das eingebildet geklungen, aber bei Mondstrahl war das irgendwie kein Problem.

Die Einhörner gingen in den Schwanenstall, wo Netze voller Heu und violetter Heideblümchen auf sie warteten, die einen süßen Duft verströmten. Es schmeckte köstlich und Wolke futterte wie die anderen alles restlos auf. Wolke war noch nie in ihrem Leben so hungrig und aufgeregt gewesen.

Sobald sie sich satt gegessen hatte, spürte Wolke, wie ihre Lebensgeister zurückkehrten.

„Die Sonne wird gleich untergehen!", rief sie den anderen zu und sah über die geöffnete Stalltür auf den schimmernden See. „Lasst uns einen Spaziergang machen. Dann können wir zusehen, wie sich das Wasser rosa färbt."

Da es für den restlichen Abend kein festes Programm gab, beendeten Wolke und ihre Freunde ihr Abendessen und liefen hinunter zum Strand. Ein schmaler Streifen mit goldenem Sand umrahmte den See. Schilfkolben wiegten sich in der warmen Luft, die nach Honig duftete. Draußen auf dem Wasser überquerte in einiger Entfernung eine Gruppe von Schwänen majestätisch den See.

Mondstrahl platschte ins Wasser, sodass die anderen wiehernd auswichen. „Kommt doch!", rief er und spritzte um sich. „Es ist toll!"

Saphira und Stella galoppierten hinein, sodass ihnen das Wasser bis zu den Fesseln ging. Unter lautem Gelächter spritzten sie Mondstrahl nass. Wolke bemühte sich, nicht allzu offensichtlich zurückzuschrecken. Sie blieb in sicherer Entfernung zum Wasser stehen und sah auf den See hinaus. Die Sonne stand inzwischen schon sehr tief und hatte eine glutrote Farbe angenommen. Auch die Wasseroberfläche des Sees wurde immer farbiger. Wolke vergaß ihre Ängste. Sie nahm nur noch wahr, was direkt vor ihr lag.

„Es stimmt also wirklich!“, rief sie entzückt. „Das Wasser wird tatsächlich pink! Ach, ist das schön!“

„Ach, ist das schön!“, ahmte eine spöttische Stimme sie nach. „Ach, ich bin ja so ein süßes Einhornmädchen! Ach, ich wünschte, mein Fell wäre pink und meine Hufe auch, und in der Mähne hätte ich zu gerne kleine Blümchen!“

Marwin und Silas stolzierten über den Strand auf sie zu. Silas krümmte sich vor Lachen, als Marwin Wolke gemein angrinste. Sturmwind, der neben Wolke stand, verkrampfte sich, und Wolke errötete vor Zorn. Silas und Marwin waren wirklich schrecklich! Wenn sie nur nicht auf diesen Ausflug mitgekommen wären! Sie würden das Erlebnis für alle kaputtmachen.

„Hallo, Gewitter-Sturmwind“, höhnte Marwin. Sturmwind zuckte zusammen. „Na, heute schon auf irgendwelche Schwäne getreten? Schade, dass ich deine Landung verpasst habe. Bist du durch euer Stalldach gekracht?“

„Ach, seid doch still“, rief Mondstrahl, der aus dem Wasser gewatet war, sich neben Sturmwind gestellt hatte und die Drittklässler böse anfunkelte. „Uns interessiert es jedenfalls nicht, was ihr zu sagen habt.“

Marwin starrte Mondstrahl finster an. Obwohl er der Ältere war, war ihm der Prinz von Arkadia doch an Selbstvertrauen überlegen.

„Komm, ich hab genug von diesen Versagern“, sagte Marwin mit einem gemeinen Grinsen. „Wir haben ja noch viel Zeit für Spiel und Spaß, wie das Trihorn gesagt hat. Stimmt's, Gewitter-Sturmwind?“

Wolke konnte deutlich spüren, wie groß Sturmwinds Angst war, er schien sie in Wellen auszuströmen. Sie hasste Marwin und Silas, weil sich ihr Freund wegen ihnen so schlecht fühlte.

„Hört auf mit diesem blöden Namen!", rief sie scharf.

„Oh!", höhnte Silas. „Gewitter-Sturmwind braucht mickrige Einhornmädchen, die sich für ihn starkmachen. Wie traurig!"

Mit einem bösen Lachen galoppierten die zwei Einhörner davon.

5

„Ich mache mir Sorgen um Sturmwind", sagte Wolke am nächsten Morgen leise zu Mondstrahl. „Ich glaube, er hat nicht viel geschlafen. Er hat sich im Stall neben mir ständig hin- und hergewälzt."

Mondstrahl blickte zu ihrem gemeinsamen Freund hinüber. Sie waren im sanften Morgenlicht am See beim Frühstück und verschlangen gierig den warmen Haferbrei.

„Er isst auch nicht viel Frühstück", meinte Mondstrahl, als er merkte, wie Sturmwind den Kopf von seinem Eimer abwandte. „Meinst du, dass er sich wegen dieser Idioten Sorgen macht?"

„Da bin ich mir ganz sicher", antwortete Wolke. „Ich habe heute schon versucht, mit ihm darüber zu sprechen, aber er hat mich gar nicht angesehen. Armer Sturmwind! Wenn er es doch nur begreifen würde! Die beiden sind es überhaupt nicht wert, dass man sich wegen ihnen Gedanken macht! Er darf sich von ihnen doch nicht den Ausflug verderben lassen!"

„Für uns ist das klar", seufzte Mondstrahl. „Aber für ihn offensichtlich nicht."

Als Wolke noch überlegte, ob sie einem der Lehrer wegen Marwin und Silas Bescheid sagen sollte, begann das Trihorn zu sprechen.

„Wir werden uns heute in Dreiergruppen aufteilen", verkündete das Trihorn. „Eure Lehrer haben eine Liste mit Tieren, die ihr suchen sollt. Das erste Team, das zurückkommt und alle Tiere auf seiner Liste abhaken konnte, ist der Gewinner des Tages. Und los geht's!"

Saphira und Stella bildeten mit Blümchen ein Team. Wolke und Mondstrahl trabten zu Sturmwind hinüber.

„Wir sind ein Team, oder?", fragte Wolke. „Wir brauchen deine scharfen Augen."

Sturmwind sah sie bedrückt an. „Du musst nicht extra nett zu mir sein", murmelte er. „Ich weiß selber, dass ich zu nichts zu gebrauchen bin."

„Das stimmt doch nicht!", widersprach Mondstrahl sofort.

„Du darfst dir die Sticheleien von Marwin und Silas nicht zu Herzen nehmen", bat Wolke. „Sie waren zu mir auch nicht nett, das hast du doch mitbekommen."

Sturmwind sah nicht besonders überzeugt aus. Doch als die Gruppen nacheinander aufbrachen, ließ er sich schließlich überreden, mit Mondstrahl und Wolke ein Team zu bilden.

„Wir müssen besser sein als alle anderen!“, verkündete Mondstrahl.

„Warum siehst du immer alles als Wettstreit?“, fragte Wolke.

Mondstrahl sah bei dieser Frage überrascht auf. „Weil ich überall der Beste sein möchte. Ist doch klar!“

„Dann verstehe ich wirklich nicht, warum du mich im Team haben willst“, murmelte Sturmwind.

Irgendwie mussten sie Sturmwinds Selbstbewusstsein wieder aufbauen, dachte Wolke. Vielleicht war ein Wettstreit gar keine so schlechte Idee. „Wir wollen jedenfalls nicht, dass wir von Marwin und Silas geschlagen werden!“, feuerte sie die anderen an.

Sturmwind hob den Kopf ein wenig.

„Nein“, sagte er nach einem Moment. „Das wollen wir nicht.“

„Also gut“, meinte Wolke. „Dann sehen wir mal, wie weit wir kommen. Mondstrahl, was steht alles auf unserer Liste?“

„Das erste Tier, das wir finden müssen, ist ein Ebenholz-Eichhörnchen“, verkündete Mondstrahl mit einem Blick auf die Liste, die er von Atlas bekommen hatte. „Versuchen wir es gleich einmal im Wald. Wir müssen insgesamt zehn Tiere suchen. Also beeilt euch!“

Wolke und Mondstrahl galoppierten auf das Eichenwäldchen zu, das hinter den Ställen lag. Nach kurzem Zögern folgte auch Sturmwind ...

Zwei Stunden später machten Wolke, Sturmwind und Mondstrahl eine kurze Pause. Sie waren inzwischen am anderen Ufer des

Traumsees angelangt. Jenseits des goldenen Wassers sahen ihre Ställe wie kleine Kästchen aus. Etwas glänzte und funkelte in der Sonne, und Wolke wusste, dass das der Kristallschwan sein musste, der in der Morgensonne glitzerte. Aber die Trauminsel, die sie vom Himmel aus so deutlich gesehen hatten, war nirgendwo zu erblicken. Anscheinend verbarg der Zaubernebel die Insel völlig.

„Ich kann gar nicht glauben, dass wir wirklich jedes Tier auf unserer Liste gefunden haben“, freute sich Sturmwind.

Wolke stupste ihn liebevoll an. „Ich schon. Vier von ihnen hast nämlich du sofort entdeckt. Sogar das Ebenholz-Eichhörnchen in dem Astloch! Ich bin wirklich froh, dass du zu unserem Team gehörst!“

„Wir haben noch eine Stunde, bis wir ins Lager zurück müssen“, meinte Mondstrahl. „Wer hat Lust auf eine Runde Schwimmen?“

Wolkes Magen krampfte sich zusammen. Genau vor diesem Moment hatte sie sich die ganze Zeit gefürchtet. „Nein danke. Äh, mir ist es ein bisschen zu kalt“, sagte sie mit Panik in der Stimme

Mondstrahl sah sie überrascht an. „Nein, es ist überhaupt nicht kalt. Es ist wunderbar. Komm doch. Sei kein Spielverderber!“

Wolke hob vorsichtig einen Huf. „Mein Fuß tut weh“, jammerte sie. Sie wusste, dass das eine schwache Ausrede war, aber sie brauchte unbedingt einen Grund, warum sie nicht ins Wasser gehen wollte. Mondstrahl durfte auf keinen Fall erfahren, wie groß ihre Angst war.

Mondstrahl runzelte die Stirn. Dann seufzte er und drehte sich um. „Was ist mit dir, Sturmwind? – Sturmwind?“

Wolke sah sich um. Sturmwind war wie vom Erdboden verschluckt.

„Wo ist er denn hinverschwunden?“, fragte Mondstrahl.

Wolke entdeckte in der Ferne zwei Einhörner, die über den Strand auf sie zukamen. „Ich kann mir denken, warum er sich aus dem Staub gemacht hat. Schau nur, wer da kommt!“

Es waren Marwin und Silas.

„Hm“, meinte Mondstrahl wenig begeistert. „Sieht aus, als wollte Sturmwind unseren speziellen Freunden aus dem Weg gehen.“

„Komm, suchen wir ihn“, sagte Wolke hastig. „Vielleicht braucht er unsere Hilfe, wenn er von hier aus zum Lager zurück will.“

Sie wollte auch nicht mit Marwin und Silas reden. Außerdem hatte sie dadurch eine gute Ausrede, nicht ins Wasser zu müssen.

Mondstrahl kam aus dem See, schüttelte sich und bespritzte Wolke dabei.

„Hey, ich mag das nicht“, schnappte Wolke ärgerlich.

Mondstrahl rief ihr „Feigling“ zu, ehe er davongaloppierte.

Wolke war betroffen. Sie sollte ein Feigling sein? Wahrscheinlich stimmte das sogar. Wenn Mondstrahl jemals erfuhr, dass sie Angst vor tiefem Wasser hatte, würde er sie ewig damit aufziehen.

Es machte Spaß, zu den Ställen zurückzugaloppieren. Wolke und Mondstrahl sprangen über weiche Grasbüschel und duckten sich unter Ästen hindurch, die voller duftender weißer Blüten waren. Dabei sahen sie sich ständig nach Sturmwind um.

Vögel, die Wolke nie zuvor gesehen hatte, sangen in den Zweigen über ihnen. Ab und zu erhaschte Wolke einen Blick auf den See, der zwischen den Bäumen schimmerte. Aber Sturmwind war nirgendwo zu sehen.

Wolke wusste gleich, dass irgendetwas nicht stimmte, als sie im Lager ankamen. Einhörner standen in Grüppchen zusammen und steckten flüsternd die Köpfe zusammen. Etwas glitzerte im hohen Gras.

Es war der Kristallschwan. Er war in tausend Stücke zersplittert!

6

„Das hat jemand mit Absicht gemacht!“, vermutete Saphira, als Wolke und Mondstrahl sie und Stella in der Menge entdeckt hatten. „Die Elfen haben gesagt, dass die Figur niemals von alleine von ihrem Sockel gefallen wäre.“

Das Trihorn stellte sich mit ernster Miene neben die kläglichen Überreste des Schwans. Alle verstummten.

„Ich bedauere es sehr, sehen zu müssen, dass jemand den Schwan zerbrochen hat.“ Langsam hob er den Kopf und sah die Menge prüfend an. Wolke bemerkte das drohende Funkeln in seinen Augen, als sein Blick sie streifte. „Die Statue war sehr alt und kostbar“, fuhr er fort. „Ich gehe davon aus, dass es ein Missgeschick war. Aber bis jetzt hat sich niemand dazu bekannt. Ich fordere den Schuldigen hiermit auf, das umgehend zu tun, oder es wird Folgen für euch alle haben.“

Unruhig bewegte sich die Menge der Einhörner. Keiner gab einen Laut von sich. Das Trihorn seufzte.

„Also gut. Ich fürchte, dann wird niemand die Trauminsel betreten, ehe sich nicht jemand schuldig bekannt hat.“

Überall hörte man betroffenes Gemurmel, als die Einhörner bedrückt zum Mittagessen liefen. Die Nachricht von der zerbrochenen Statue hatte den wunderschönen Morgen verdorben. Wolke sah sich um. Sie hatte Sturmwind immer noch nicht entdeckt. Hoffentlich war alles in Ordnung mit ihm.

Hatte er sich vielleicht verirrt? Plötzlich machte sie sich Sorgen um ihn.

„Hast du Sturmwind gesehen?", fragte sie Saphira. „Wir haben ihn auf der anderen Seite des Sees verloren."

Saphira schüttelte den Kopf. Dann trabte sie mit Stella zu den Eimern, die man fürs Mittagessen direkt am See aufgestellt hatte. Wolke blickte herum. Wenn Sturmwind nicht bald kam, würde er sein Mittagessen verpassen. Das sah ihm gar nicht ähnlich.

„Hallo Wolke!"

Wolke machte einen Satz, als Sturmwind plötzlich neben ihr auftauchte. Er sah besorgt aus.

„Wo warst du denn?" Sie war erleichtert, dass ihr Freund wieder aufgetaucht war. „Mondstrahl und ich haben uns schon Sorgen gemacht!"

Sturmwind senkte den Kopf. „Ich bin ein-

fach losgelaufen und habe mich verirrt. Tut mir leid."

„Ist alles in Ordnung?", fragte sie. Irgendwie wirkte er seltsam.

„Mir tut es nur leid um die schöne Statue", murmelte Sturmwind. „Sie war sehr alt, oder?"

Wolke nickte. „Ich hoffe, dass sich der Schuldige bald meldet, sonst dürfen wir nicht auf die Trauminsel."

Auch Mondstrahl und die anderen sprachen gerade über die Trauminsel, als sie sich dazugesellten.

„Wir könnten alleine hinüberfliegen", meinte Mondstrahl, während er seine Karotten verschlang. „So weit ist das nicht. Wenn wir hoch genug wären, könnten wir auch leicht die Nebelwand überfliegen."

„Aber wir dürfen nicht alleine dorthin", erinnerte ihn Saphira. „Du hast doch gehört, was Atlas gesagt hat!"

„Ich sag ja nicht, dass ich es tun werde", murmelte Mondstrahl. „Aber möglich wäre es schon."

„Und was ist mit dem Zauber?", fragte Wolke. „Das wäre doch viel zu gefährlich!"

Sturmwind hatte den Kopf in seinen

Eimer gesteckt und beteiligte sich nicht an ihrer Diskussion. „Also, ich muss dann mal los. Tut mir leid, ich muss noch was erledigen. Bis später dann."

Wolke wollte nicht, dass sich Sturmwind wieder verirrte. „Warte!", rief sie ihm hinterher. „Ich komme mit!"

Sie schnappte sich die letzte Karotte aus ihrem Eimer. Doch als sie den Kopf wieder hob, war Sturmwind verschwunden.

„Habt ihr gesehen, wo er hingelaufen ist?", fragte sie die anderen.

Alle schüttelten den Kopf. Wolke runzelte die Stirn. Was hatte er nur vor?

„Also", begann Damaris, ihre Zauberlehrerin, als sich die Zweitklässler nach dem Essen zum Unterricht versammelt hatten. „Passt auf. Wir haben heute etwas Besonderes vor."

Sturmwind war von seiner geheimen Mission zurückgekehrt. Er stand neben Wolke und hörte zu, was ihre Lehrerin zu sagen hatte. Auf Wolkes Frage, wo er gewesen sei, gab er einfach keine Antwort. Und irgendwann hörte Wolke auf nachzubohren.

Damaris raschelte mit ihrem langen Schwanz. „Daheim in der Einhornschule wissen wir ja, wo wir Rosenquarz finden können", meinte sie. „Aber hier, am Traumsee, müsst ihr ihn erst suchen."

Die Klasse teilte sich in kleine Gruppen auf. Einige Einhörner trabten in den Wald. Andere flogen in die Luft, in der Hoffnung, von oben den rosa Stein zu entdecken, mit dem man sehen konnte, was andernorts in Arkadia passierte.

„Ich glaube, wir sollten es bei den Felsen am See versuchen", schlug Saphira vor. „Zuhause bei der Einhornschule sind die Rosenquarzklippen auch am Strand. Vielleicht entsteht er ja in der Nähe von Wasser."

Das war eine gute Idee. Wolke und ihre Freunde liefen zum See hinunter und begannen, das Ufer zu untersuchen. Plötzlich jubelte Stella auf.

„Saphira hatte recht! Kommt alle her!"

Rosafarbene Felsen glitzerten in der Sonne.

Damaris kam mit der Schülergruppe, die im Wäldchen gesucht hatte, zu ihnen herübergetrabt. Mit einem Lächeln lobte sie: „Gut gemacht! Und jetzt seht nach, was in der Einhornschule gerade passiert! Das ist eine gute Übung für euch."

Die Einhörner, die in der Luft Ausschau gehalten hatten, landeten mit wehenden Schweifen und blitzenden Hörnern am Strand. Alle versammelten sich um den Rosenquarz. Wolke versuchte sich zu konzentrieren, so wie es ihnen Damaris beigebracht hatte. Sie sah den Kristall fest an. Allmählich entstand ein unscharfes Bild der Mondscheinwiese. Wolke musste lächeln. Einige Viertklässler spielten unter den Bäumen Fangen. Lustig, dass der Schulbetrieb dort ganz normal weiterging, während sie hier auf Klassenfahrt waren.

„Seht nur!“, rief Stella plötzlich neben Wolke. „Irgendetwas stimmt nicht mit einem der Schwäne auf dem See!“

Wolke spähte über das glitzernde Wasser. Dort kreiste ein goldener Schwan um sich selbst und wirkte äußerst unglücklich. Außerdem hing er irgendwie schief nach einer Seite.

„Ich gehe besser mal nachsehen“, meinte Damaris besorgt.

Sie watete ins Wasser und bemühte sich, den Schwan nicht zu erschrecken.

Der Vogel aber beachtete sie überhaupt nicht und schwamm weiter im Kreis herum.

„Was ist nur los mit ihm?“, fragte Wolke.

Damaris wandte sich zu ihnen um. Ihre Augen funkelten zornig.

„Jemand hat ihm goldene Federn ausgerissen!“, rief sie.

7

Wolke schnappte nach Luft. Wer würde so etwas Entsetzliches tun und einem Schwan seine goldenen Federn ausreißen?

„Das ist ja furchtbar!", ereiferte sich Saphira mit Tränen in den Augen. „Der arme Schwan!"

Damaris war jetzt direkt bei dem Schwan. Er sah sie vertrauensvoll an, als sie sich zu ihm niederbeugte und mit ihrem Horn sanft seinen Hals berührte. Wolke beobachtete gebannt, wie magische Funken flogen.

„Wer hat dir das angetan?", fragte Damaris und trat einen Schritt zurück.

Wolke erkannte, dass Damaris den

Schwan mit einem Zauber belegt hatte, sodass er mit ihnen reden konnte. Wirklich erstaunlich!

Der Schwan öffnete seinen Schnabel und begann zu sprechen: „Zwei Einhörner haben meine Federn gestohlen“, berichtete er mit melodiöser Stimme, die wie ein Glöckchen klang.

Stella wieherte schockiert und Mondstrahl war das Entsetzen anzusehen. Wolke spürte, wie ihr Tränen in die Augen schossen. Wie konnte ein Einhorn nur so etwas Böses tun? Sie blickte zu Sturmwind hinüber. Er sah so traurig aus, dass sein Kopf beinahe bis zum Wasser hinunter hing.

Damaris trabte aus dem Wasser und schüttelte sich, um trocken zu werden. „Ich muss das sofort dem Trihorn melden“, meinte sie entschlossen. „Hiermit ist der

Unterricht zu Ende. Ihr könnt den Rest des Nachmittags zum Schwimmen gehen."

Wolke erstarrte. Sie wollte auf gar keinen Fall schwimmen! Aber sie wollte auch nicht die Einzige sein, die nicht ins Wasser ging. Erwartungsvoll schaute sie sich um. Bestimmt gab es auch noch andere, die so wasserscheu waren wie sie. Aber sie sah nur wiehernde Einhörner, die verspielt im Wasser plantschten.

„Kommt schon!", rief Mondstrahl. Er stand bereits bis zum Bauch im klaren Wasser. „Laufen wir um die Wette!"

Saphira und Stella galoppierten kichernd ins Wasser und schlugen übermütig mit den Hinterbeinen aus. Wolke sah sich hilfesuchend nach Sturmwind um. Vielleicht konnte sie ihn überreden, etwas anderes mit ihr zu unternehmen. Aber sie konnte ihn nirgendwo entdecken.

„Auf was wartest du denn, Wolke?“, rief ihr Saphira zu. Ihre Mähne war vor Nässe ganz dunkel. „Komm doch!“

Es gab kein Entkommen. Wolke ging langsam zum Ufer des Sees. Eine Minute lang blieb sie so stehen und ließ sich die Hufe vom Wasser umspülen. Dann wagte sie sich noch ein bisschen weiter vor. Es war ein schreckliches Gefühl. Und der Gedanke, noch nässer zu werden, war absolut unerträglich. Sie wich zurück.

„Alles in Ordnung?“, wieherte Saphira.

„Ja, ja“, log Wolke bedrückt. „Mir ... äh ... mir ... ist nur gerade eingefallen, dass ich einer Erstklässlerin versprochen habe, mit ihr einen Sternenzauber zu üben.“

Saphira sah sie überrascht an. „Mit wem denn?“, fragte sie.

„Die kennst du nicht“, erwiderte Wolke hastig. „Aber nachdem ich jetzt Zeit habe, sollte ich sie besser mal suchen. Bis später."

Sie wandte sich um und galoppierte davon. Dabei hatte sie gemischte Gefühle: Einerseits war sie erleichtert, dass sie nicht schwimmen musste, andererseits schämte sie sich, dass sie ihre beste Freundin angelogen hatte.

Wolke trieb sich bis zum Sonnenuntergang am Waldrand herum. Sie beobachtete, wie die Zweitklässler vom See zurückkehrten und schloss sich ihnen unauffällig an. Die anderen bemerkten sie gar nicht, weil sie so aufgeregt über die zerbrochene Statue und den verletzten Schwan redeten.

„Ganz bestimmt hat ein und dasselbe Einhorn beide Taten begangen", verkündete Mondstrahl und schüttelte sich. Stella sprang wiehernd zur Seite, als er sie nass spritzte.

„Ich bin mir da nicht so sicher“, meinte Saphira nachdenklich. „Vielleicht war das mit der Statue ja ein Unfall. Aber einem Schwan kann man nur mit Absicht die goldenen Federn ausreißen.“

Wolke entdeckte ein dreifarbiges Horn, das im Abendlicht funkelte. Ihr Herz machte einen Satz. Es war das Trihorn.

„Damaris hat mir erzählt, dass einem der goldenen Schwäne Leid zugefügt wurde“, erklärte das Trihorn, als alle ruhig geworden waren. „Einem Schwan Federn auszureißen ist grausam und gemein. Wenn ich die Schuldigen gefasst habe, müssen sie mit ernsthaften Problemen rechnen. Und wenn sie sich bis morgen Abend nicht freiwillig gestellt haben, müssen wir diesen Ausflug abbrechen und vorzeitig zur Schule zurückkehren. Mehr habe ich im Moment nicht zu sagen.“

Ein enttäuschtes Raunen ging durch die

Reihen der Einhornschüler. Links neben Wolke stand Donna, die Erstklässlerin, der sie zusammen mit Mondstrahl beim Hinflug geholfen hatte. Sie weinte und Tränen kullerten über ihr Gesicht.

Wolke sah sich nach Sturmwind um. Sie konnte ihn nirgendwo entdecken. Seit sie und Mondstrahl ihn in der Früh am anderen Ende des Sees verloren hatten, hatte er sich ausgesprochen seltsam benommen. Was war nur los mit ihm?

Wolke folgte den anderen nachdenklich in den Schwanenstall. Es war Zeit zum Abendessen und dann zum ins Bett gehen. Sie blieb an der Stalltür stehen und ließ die anderen vorgehen. Dann drehte sie sich um und kehrte an den Strand zurück. Sie wollte nach Sturmwind suchen.

Im Licht der untergehenden Sonne leuchtete der See pinkfarben, als Wolke den

Strand entlang trabte. Dabei suchte sie mit den Augen das Ufer und das Wäldchen dahinter ab. Komisch, es sah Sturmwind gar nicht ähnlich, dass er etwas vor ihnen verheimlichte. Sie hoffte sehr, dass er nicht irgendwelche Probleme hatte. Endlos lief sie dahin und sah sich besorgt nach ihm um.

Als Wolke schließlich aufgab, war das Lager nur noch ein kleiner Punkt in der Ferne. Die Sonne war am Horizont untergegangen. Wenn sie jetzt nicht gleich umkehrte, würde es zu dunkel sein, um noch zurückzufinden.

Da hörte Wolke plötzlich einen verzweifelten Schrei. In einiger Entfernung konnte sie etwas erkennen, das im See herumwirbelte. Ein Einhorn! Wolkes Herz klopfte, als sie die golden schimmernde Mähne des Einhorns erkannte. Es war Donna!

Das junge Einhorn versuchte, sich aus

dem Wasser herauszukämpfen. Sie strampelte wie wild mit den Hufen und wieherte entsetzt. Dabei war sie so weit draußen, dass sie unmöglich die ganze Strecke geschwommen sein konnte. Wolke vermutete, dass sie beim Fliegen abgestürzt war.

Ohne nachzudenken galoppierte Wolke weiter. Sie wollte über den See fliegen, um Donna zu helfen. Doch als ihre Hufe das Wasser berührten, zuckte sie zurück. Sie konnte das nicht ... Sie konnte das wirklich nicht!

Da hörte sie hinter sich Hufe über den Sand donnern.

„Wir müssen zu Donna!“, rief Sturmwind. „Schnell! Du kannst ihr helfen. Sie wird sich nicht mehr viel länger über Wasser halten können!“

Wolke starrte ihn erschrocken an. Dann sah sie zu dem verzweifelten Einhorn hinaus.

Ihr Magen verkrampfte sich. „Ich ...“, stammelte sie. „Sturmwind, ich habe Angst.“

Sturmwind sah sie überrascht an. „Du hast doch nie Angst, Wolke!“

Wolke schnaubte furchtsam. „Ich hab solche Angst vor Wasser!“, gestand sie unter Tränen. „Ich bin als Fohlen in tiefes Wasser gefallen, und ich ... ich kann da nicht rüber fliegen. Was ist, wenn ich hineinfalle und untergehe?“

Sturmwind stupste sie beschwichtigend an, während Wolke nach Luft schnappte. „Ich habe auch Angst“, gab er zu. „Ich würde zu gerne hinausfliegen und ihr helfen, aber ich bin so ungeschickt. Wahrscheinlich richte ich mehr Schaden an, als dass ich ihr eine Hilfe bin.“

Sie wandten sich um, als Donna wieder erschöpft aufschrie. „Hilfe!“, wieherte sie verzweifelt. „Ich geh unter!“

„Ich hol Hilfe“, meinte Sturmwind hastig.

Er galoppierte in die Luft und war so schnell weg, dass Wolke ihn nicht aufhalten konnte. Aber sie hatten keine Zeit mehr, um auf Hilfe zu warten. Wolke wusste, dass sie selbst über den See fliegen musste, um Donna zu retten. Es gab keine andere Lösung!

8

Wolke holte tief Luft, dann galoppierte sie in den Himmel hinauf. Sie schnellte empor und flog über den See auf Donna zu. „Ich komme!“, rief sie ihr zu. „Halte durch!“ Sie zwang sich, an das kleine Einhorn zu denken und nicht an das tiefe, dunkle, kalte Wasser unter sich.

„Wolke!“, schrie Donna. Sie war inzwischen so erschöpft, dass sie kaum noch Luft bekam und von Panik überwältigt wurde. „Hilf mir!“

Wolke nahm ihren ganzen Mut zusammen, als sie auf das Wasser zuflog. Schon berührten ihre Hufe die Wasseroberfläche.

Wolke scheute zurück. Dann biss sie die Zähne zusammen und zwang sich, neben Donna im Wasser zu landen.

„Komm schon, Donna“, presste sie hervor. Keine Panik!, sprach sie sich selbst Mut zu. „Du schaffst das“, ermutigte sie Donna. „Wir stoßen uns gemeinsam ab und dann fliegen wir zusammen, wie wir das auf dem Hinweg auch gemacht haben. Bist du bereit? Eins … zwei … drei!“

Donna stöhnte vor Erschöpfung. Aber sie tat, was Wolke ihr gesagt hatte. Auf drei bäumte sie sich auf, warf sich in die Luft und schüttelte sich das Wasser ab. Wolke flog neben ihr her und sprach ihr die ganze Zeit Mut zu.

„Es ist nicht mehr weit … Nur noch ein kleines Stück … So, jetzt kannst du landen. Du bist in Sicherheit, Donna! Du hast es geschafft!“

Wir haben es geschafft, dachte Wolke benommen, als sie mit Donna auf dem Sand des Strandes landete. Sie konnte es noch gar nicht glauben, dass sie tatsächlich über das Wasser geflogen und sogar darin gelandet war. Es war unwirklich wie ein Traum.

Da bemerkte sie, dass sich um sie herum

in der Dämmerung immer mehr Einhörner versammelten. Auch das Trihorn war da. Alle drängten zu ihr und Donna und berührten sie beruhigend mit ihren Hörnern. Wolke sah, dass Sturmwind neben dem Trihorn stand. Er lächelte ihr zu. Immer noch schwach lächelte sie zurück.

„Gratulation, Wolke!", sagte das Trihorn herzlich. „Du hast dort draußen außergewöhnlichen Mut bewiesen. Ich habe noch nie …"

Er verstummte. Um sie herum war plötzlich ein merkwürdig fremder Ton zu hören, wie Wind, der durch die Saiten einer Harfe strich. Wolke sah sich überrascht um. Die Blumen am Ufer des Sees schienen im letzten Sonnenlicht mit den Köpfen zu nicken und sich hin und her zu wiegen.

„Die Blumen singen!", jubelte Saphira. „Wolke, sie singen wegen dir!"

Alle lauschten gebannt. Die Blumen sangen wirklich mit wiegenden und wogenden Blättern. Allmählich wurden sie ruhiger, bis sie schließlich wieder still und stumm dastanden.

„Das war das Schönste, was ich jemals gesehen habe", seufzte Stella glücklich.

„Und gehört", ergänzte Mondstrahl.

Alle sahen Wolke voller Respekt an. Sie errötete. „Ich hab doch gar nichts Besonderes gemacht."

„Doch, das hast du wohl", widersprach ihr das Trihorn. „Sonst hätten die Blumen nicht gesungen."

Schweigend blickten die Einhörner über den Traumsee. Dieser Ort war voller Geheimnisse. Sie wussten, welches Glück sie gehabt hatten, die Blumen singen zu hören.

Inzwischen war der Mond aufgegangen und die Sterne funkelten am samtenen Himmel. Das Trihorn wandte sich an Donna: „Was hast du dir nur dabei gedacht, ganz alleine über den See zu fliegen?“, fragte er vorwurfsvoll.

Alle wandten sich nun Donna zu. Sie ließ den Kopf hängen.

„Ich wollte zur Trauminsel“, gab sie kleinlaut zu. „Wir haben einen so weiten Weg zurückgelegt und ich konnte doch nicht zur Schule zurückkehren, ohne sie gesehen zu haben. Das konnte ich einfach nicht.“

Die Miene des Einhorns verfinsterte sich. „Aber du weißt doch, dass ich verboten habe, dass ihr alleine dorthinfliegt“, sagte er.

„Du hättest den Zauber niemals überwinden können. Hast du das vergessen?“

Donna gab keine Antwort und starrte in den Sand.

„Sie hat das nicht vergessen“, meldete sich plötzlich Sturmwind zu Wort. „Marwin und Silas haben sie überredet, es zu tun.“

Alle schnappten nach Luft. Marwin und Silas, die dicht am Ufer standen, machten einen Satz, als sie ihre Namen hörten.

„Unsinn“, schnaubte Marwin.

Sturmwind trabte zu dem Einhorn mit der Stoppelmähne hinüber und sah ihm in die Augen. „Ich weiß, dass du das getan hast. Ich habe dich nämlich gehört.“

Silas begann zu stottern, als sich Sturmwind an das Trihorn wandte. „Ich habe außerdem gehört, wie sie über den goldenen Schwan gesprochen haben. Sie redeten darüber, ihm Federn auszureißen.“

In der Menge entstand ein Tumult.

„Wir waren das nicht!“, rief Marwin.

„Woher willst du das überhaupt wissen?“, fragte Silas.

„Ganz einfach“, erwiderte Sturmwind. „Ich habe euch belauscht, als ich unsichtbar war.“

Der Tumult wurde stärker.

„Unsichtbar!“ Wolke erinnerte sich daran, wie Sturmwind damals in der Stunde verblasst war. Aber zwischen Verblassen und Unsichtbarwerden war doch noch ein großer Unterschied.

Marwin wurde blass. „Du lügst!“, rief er. „Du bist ja erst ein Zweitklässler. Sogar für Sechstklässler ist es schwierig, unsichtbar zu werden.“

„Beweise es“, forderte Silas.

Sturmwind lächelte. Dann verschwand er völlig. Alle hielten die Luft an.

„Klasse!“, lobte Mondstrahl.

Dann war Sturmwind wieder sichtbar. Die Einhörner trampelten begeistert mit den Hufen.

„Jetzt verstehe ich!“, rief Wolke. „Deswegen warst du dauernd weg. Du warst tatsächlich unsichtbar!“

Sturmwind nickte. „Ich merkte, dass ich es konnte, als Marwin und Silas heute früh auf uns zukamen“, erzählte er.

Wolke musste daran denken, wie Damaris einmal gesagt hatte, dass man unsichtbar wurde, wenn man sich in Gefahr befand oder Probleme hatte. Sturmwind hatte sich von Anfang an vor den beiden gefürchtet. Vielleicht war es gar nicht so verwunderlich, dass er unsichtbar geworden war.

Stella und Saphira sahen Sturmwind bewundernd an. Nur Mondstrahl wirkte aufgebracht.

„Warum hast du mir nicht erzählt, dass du dich unsichtbar machen kannst?“, fragte er Sturmwind. „Und warum hast du nicht schon eher etwas von Marwin, Silas und dem Schwan gesagt?“

„Tut mir leid“, meinte Sturmwind. „Ich hatte keine Zeit. Marwin und Silas machten sich daran, dem Schwan die Federn auszureißen, gleich nachdem ihr weg wart.“

„Da haben wir dich gesucht“, bemerkte Wolke.

Sturmwind sah sie entschuldigend an. „Ich war gar nicht weg. Ich war immer noch bei euch“, erklärte er. „So konnte ich das Ganze beobachten. Dann flog ich zurück ins Lager, um einem der Lehrer davon zu erzählen.“ Plötzlich wirkte Sturmwind nervös. Er warf dem Trihorn einen Blick zu. „Aber als ich versucht habe, am Strand zu landen, bin ich aus Versehen in die Statue

gekracht, sodass sie kaputtging. Ich hatte zuviel Angst, mein Missgeschick mit der Statue zu gestehen. Und so habe ich niemandem davon erzählt, was ich gesehen hatte. Es tut mir so leid."

Das Trihorn runzelte die Stirn. „Du hättest dich umgehend melden sollen“, sagte es streng.

Sturmwind ließ den Kopf hängen. „Ich weiß“, sagte er leise.

„Dafür musst du an drei Tagen nachsitzen, wenn wir wieder zurück in der Schule sind“, entschied das Trihorn.

Sturmwind nickte gehorsam.

„Und du wirst dich während unseres Aufenthalts hier nicht noch einmal unsichtbar machen!“, fuhr das Trihorn fort. Dann lächelte er plötzlich. „Das ist das erste Mal, dass ich das zu einem Zweitklässler sagen muss. Du hast wirklich Talent, Sturmwind!“

„Und jetzt zu euch beiden“, fuhr er ernst fort. „Ihr seid eine Schande für die Schule. Ihr habt nicht nur den Schwan, sondern auch eure Mitschüler Donna und Sturmwind äußerst grausam behandelt. Ich werde gleich morgen eure Eltern benachrichtigen.“

Marwin sah verängstigt aus, und auch Silas schien in sich zusammenzusacken. Wolke starrte die beiden verächtlich an. Sie hoffte, dass sie nie mehr an die Einhornschule zurückkehren würden.

Ein Lehrer führte sie über den mondbeschienenen Strand zurück zum Lager. Wolke lief neben ihren Freunden her.

„Ich habe echt ein schlechtes Gewissen, dass ich euch nicht erzählt habe, dass ich mich unsichtbar machen kann", gestand Sturmwind. „Aber auf einmal war alles so kompliziert. Wahrscheinlich hatte ich einfach Angst."

Wolke beschloss ihren Freunden endlich zu beichten, dass sie wasserscheu war. „Ich habe Angst vor tiefem Wasser", gestand sie. „Deswegen bin ich nie mit zum Schwimmen gegangen. Tut mir sehr leid, dass ich euch das nicht schon früher gesagt habe."

„Aber du warst im See, um Donna zu helfen“, rief Stella überrascht.

Mondstrahl stieß einen Pfiff aus. „Kein Wunder, dass die Blumen gesungen haben. Macht euch keine Sorgen, Leute, jeder hat vor irgendetwas Angst.“

„Spinnen!“, gestand Saphira mit einem Schauder. „Uah!“, sagte sie. „Das sind schreckliche Viecher!“

„Ich mag die Dunkelheit nicht“, erzählte Stella. „Ich bin echt froh, dass der Mond heute so hell scheint.“

„Mondstrahl, ich nehme nicht an, dass du vor irgendetwas Angst hast, oder?“, fragte Sturmwind mit einem Seufzen.

Mondstrahl legte den Kopf schief und überlegte. „Ich hasse es, wenn meine Mähne geschnitten wird“, meinte er dann. „Ich versuche immer, mich davor zu drücken. Gilt das?“

„Wir können dir helfen, deine Angst vor dem Schwimmen zu überwinden, wenn du möchtest“, bot Saphira ihrer Freundin an.

Wolke sah sie erleichtert an. „Mit deiner Hilfe schaffe ich alles“, erwiderte sie dankbar.

Lachend galoppierten die Einhornfreunde den anderen hinterher, auf das hell erleuchtete Lager zu.

Leseprobe

Linda Chapman
Sternenfohlen
„Ein zauberhaftes Team“

„Jetzt ist es nicht mehr weit!“, rief Wolke aufgeregt, als sie mit ihren Freunden durch den Sonnenuntergang flog. „Ich kann die Schule schon sehen!“

Die blutrote Sonne verfärbte die weißen Türme der Einhornschule und die Dächer der Erker funkelten und glitzerten. Wolke war erschöpft. Seit Sonnenaufgang waren sie über die Hügel und Wälder von Arkadia geflogen. Sie kamen gerade von einem Schulausflug zum Traumsee zurück. Die Tage dort waren toll gewesen, aber jetzt war sie froh, dass sie sich endlich der Schule näherten.

Scharen von Drittklässlern überholten Wolke und ihre Freunde. Die ersten Einhörner begannen bereits, auf dem Schulgelände zu landen. Auch Wolke wollte zu einem Endspurt ansetzen, aber sie war zu müde. Sie waren den ganzen Tag unterwegs gewesen und Wolke konnte es gar nicht mehr erwarten, sich in ihren gemütlichen Stall zu den anderen Zweitklässlern zu kuscheln.

„Versucht zusammenzubleiben!“, rief ihnen Atlas, ihr Fluglehrer, zu, als er an ihnen vorbeizog. „Es ist nicht mehr weit. Aber gerade in dieser Phase passieren oft Unfälle, weil alle müde sind und beim Landen Fehler machen. Konzentriert euch bitte! Vorsicht!“

„Ich freu mich so, dass wir wieder in der Schule sind“, meinte Saphira, das hübsche Einhornmädchen mit der langen Mähne, das neben Wolke herflog.

„Ich auch“, gestand Wolke. „Der Ausflug

war toll, aber jetzt bin ich so müde, dass ich tagelang nur schlafen könnte!“

Ein muskulöses, gutaussehendes Einhorn flitzte an Wolke und den anderen vorbei. Dann machte es in der Luft eine perfekte Wende und schaute sie an.

„Wie sieht's aus? Wer fliegt mit mir um die Wette zum Wolkenstall?“, rief Mondstrahl übermütig. „Na, wer nimmt die Herausforderung an?“

„Ausgeschlossen“, antwortete Saphira sofort.

„Ich auch nicht“, lehnte Sturmwind ab. Sturmwind war für sein Alter sehr groß und hatte deswegen Probleme beim Fliegen.

Doch Stella warf mit blitzenden Augen ihre Mähne zurück. „Da musst du schon schneller fliegen, wenn du mich schlagen willst“, meinte sie herausfordernd.

Mondstrahl war die Überraschung anzusehen, als Stella davonschoss. Er hatte sich noch gar nicht richtig umgedreht, als Stella auch schon an ihm vorbeisauste.

„Stella, Stella!“, feuerte Saphira ihre Freundin an, während Sturmwind nur lachte.

„Mondstrahl ist so ein Angeber“, meinte Wolke kopfschüttelnd, als Mondstrahl Stella überholte.

Sie konnte gar nicht glauben, dass ihre Freunde immer noch die Kraft für ein Wettfliegen hatten. Gemächlich flog Wolke neben Saphira und Sturmwind her und beobachtete, wie Mondstrahl und Stella zwischen den Drittklässlern verschwanden.

„Wer wohl gewinnt?“, fragte Sturmwind und reckte den Hals.

Wolke warf ihre Stirnlocke zurück und kniff die Augen zu einem schmalen Schlitz zusammen. Mondstrahl und Stella waren nur noch kleine weiße Punkte. Es sah aus, als ob Mondstrahl gewinnen würde, aber es war knapp.

Als Wolke und die anderen zehn Minuten später durch die weiße Tür ihres Wolkenstalls trabten, stand Mondstrahl dort bereits in Siegerpose.

Möchtest du wissen, wie es weitergeht?
Dann frag deinen Buchhändler nach:
Sternenfohlen – Ein zauberhaftes Team
ISBN: 978-3-440-11595-4